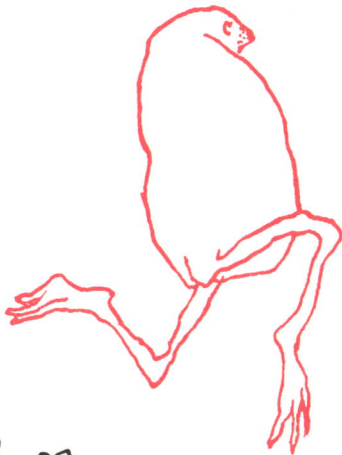

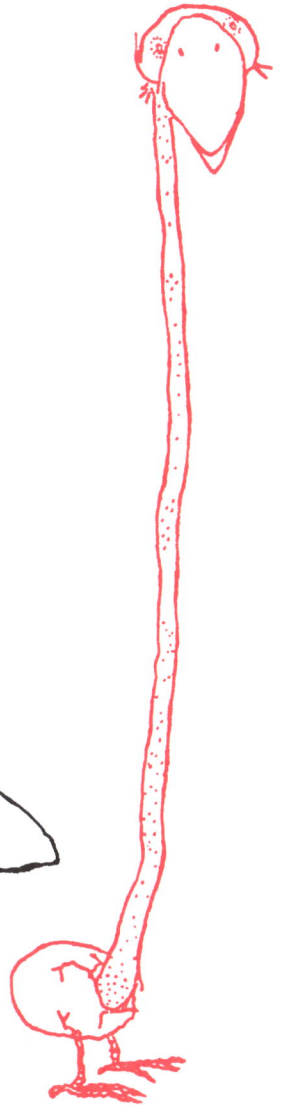

# DON'T BUMP THE GLUMP!

## and Other Fantasies

# 稀奇古怪动物园

## 动物园

Don't Bump The Glump!

〔美〕谢尔·希尔弗斯坦 文·图 任溶溶 译

南海出版公司

新经典文化股份有限公司
www.readinglife.com
出　品

*For Peggy*

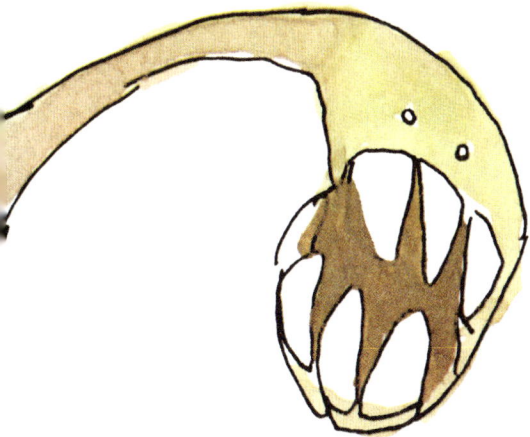

# 开场白

关于狗熊、蜜蜂、黑猩猩这些动物，
我们已经熟悉得不得了。
可是关于驼背的莫，
卷尾巴带斑点的希利亚，
卷舌头伸脖子的比利亚，
啃坚果的卡利科齐利亚，
试问我们知道的又有多少？

## 格伦普

警告那些在暴风雨中深夜独自
一人走黑路经过墓地回家而有
可能遇到野兽格伦普的人：

千万注意，千万提防，
不要撞到格伦普身上。

## 快速变形兽金尼

这只金尼说变就变，
你有没有受过它的骗？

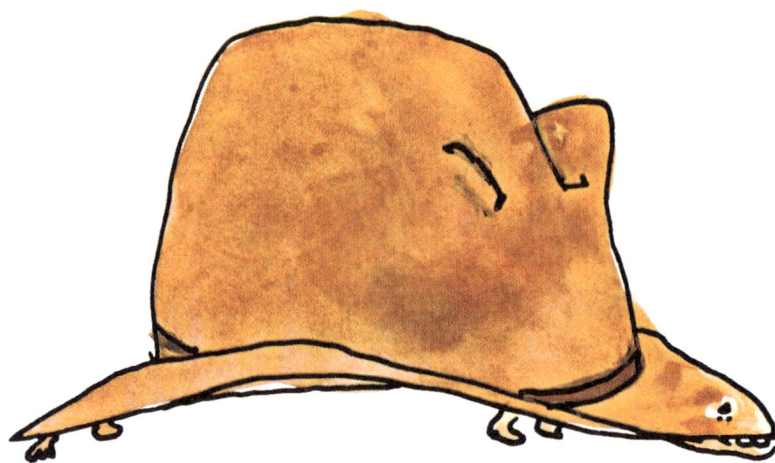

## 意外事情

我杀死了一只迪克里，
这完全是意外事情。
我以为它是一个球，
捡起来就朝墙上扔了。
没有想到竟会这样：
它给摔成两半，真是不幸！

## 克罗菲

克罗菲这条傻鱼，
本来在我的咖啡杯里游来游去。
我把咖啡喝了下去，
可它没在杯里。
哪儿也找不到它……
你说它会不会已经淹死？

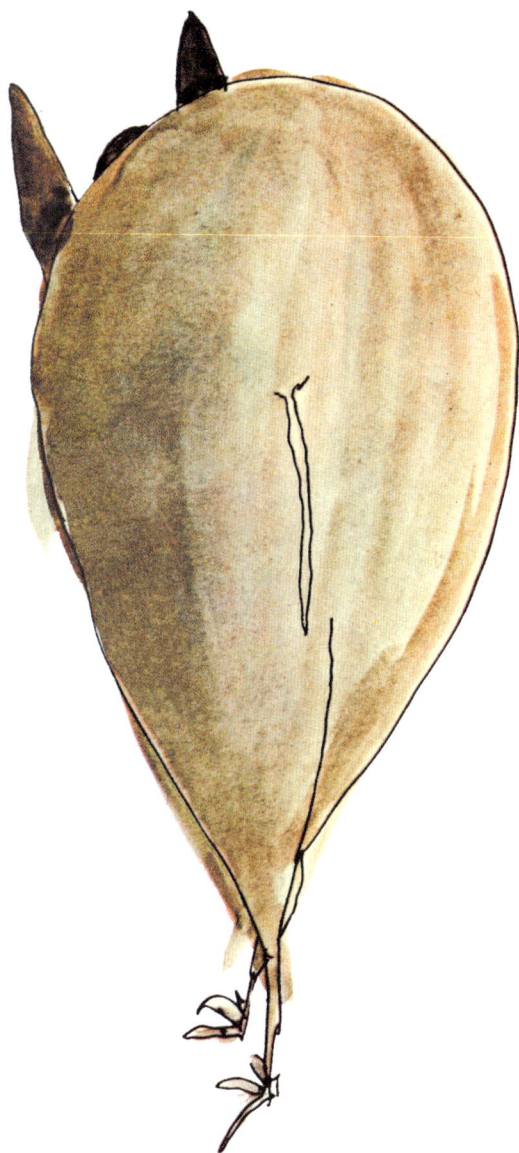

## 大屁股扎思

我怕大屁股扎思发脾气，
它发脾气我吃不消。
是不是能请哪一位，
劝它好好洗个澡？

# ZRBANGDRALDNK

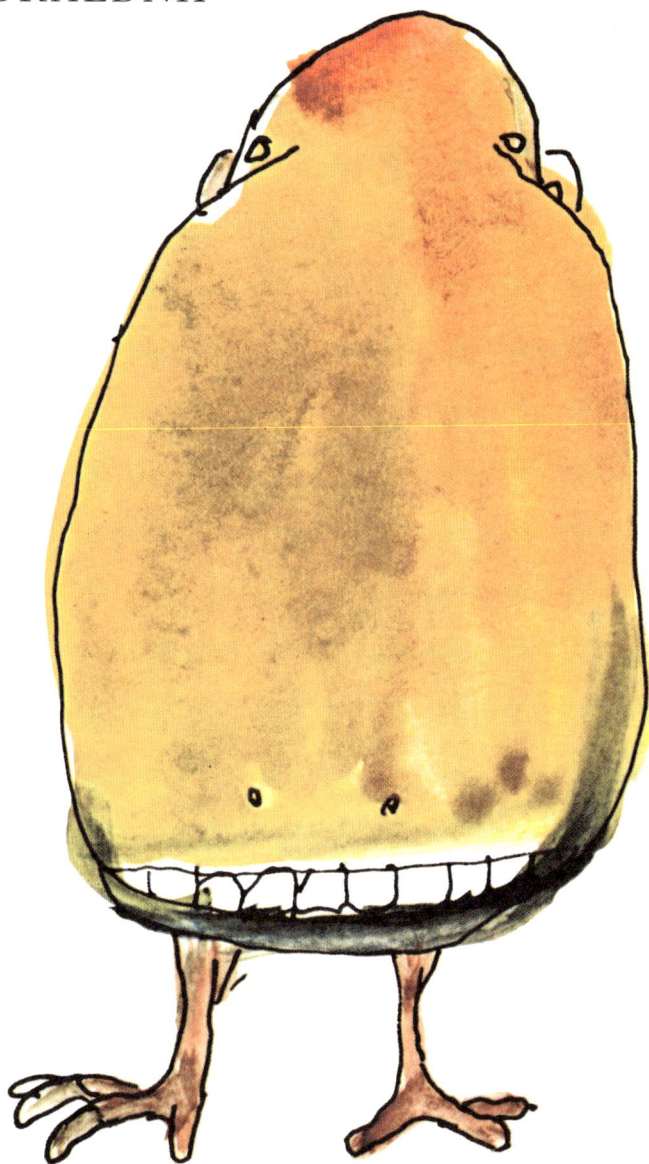

ZRBANGDRALDNK 驾到，
我该向大家宣布它光临……
可是……它的名字应该怎么拼？

格列切

瞧笼子里的格列切，
爪子锐利，满口尖牙能把骨头也咬碎。
幸亏它给关在笼子里，
要不然，我们可就倒大霉！

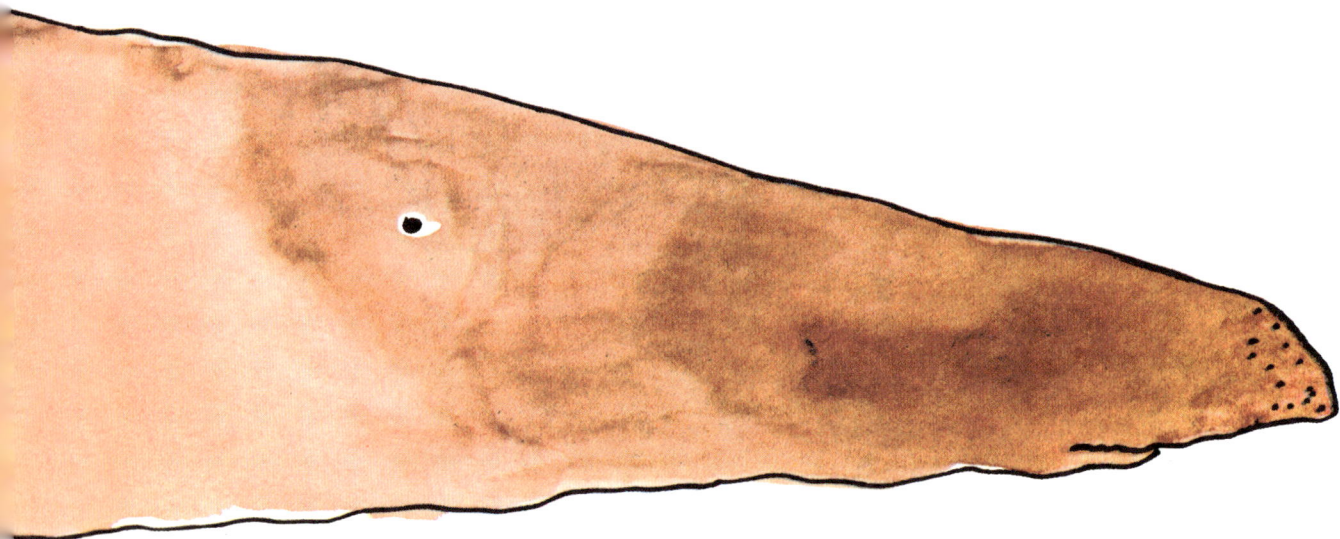

## 设圈套

让我们来设个圈套，捉格林奇，格林奇，格林奇。
我们能捉到它的，只要耐心，不着急，不着急，不着急。
让我来当猎人，大着胆儿，大着胆儿，大着胆儿。
你的任务很要紧，当诱饵，当诱饵，当诱饵，当诱饵。

## 比贝利

比贝利吃东西叫人害怕，
普通食物它全不爱。
它最爱吃的，就是男孩和女孩。
一旦察觉它靠近，
你就在耳朵里洒上番茄汁，
把自己当成烤肉一块，
或者扮做吐司上的荷包蛋，
或者扮做蓝莓派，
它一看见，也许会走开。

## 是谁？

我又在我的鸡汤里发现沙子……
我可没说是弗路普做的好事，
我也没说是戈皮特在捣蛋，
只是不管是谁，请别再干……
听见没有？

**不管是谁，请别再干！**

## 可怕的菲苏斯

那是二十条腿的菲苏斯，可怕得很。
嘘……我想它没看见我们。

## 斯利塞加迪

斯利塞加迪从海里爬出来。
它能捉到所有其他人，可捉不到我。
你可捉不到我，斯利塞加迪你这老家伙。
你能捉到所有其他人，可捉——

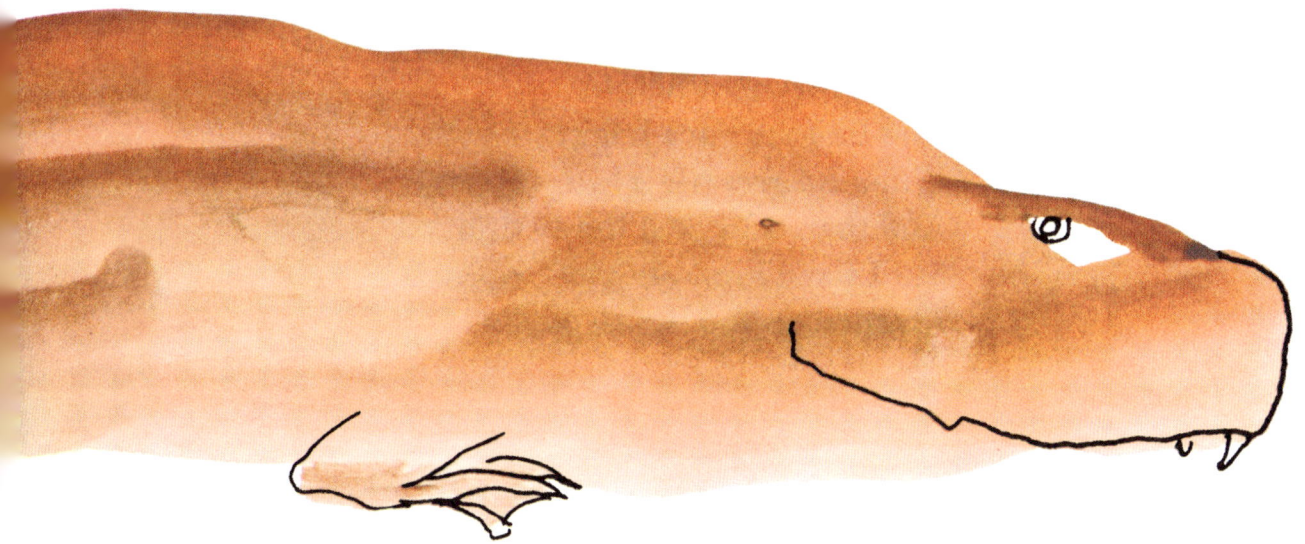

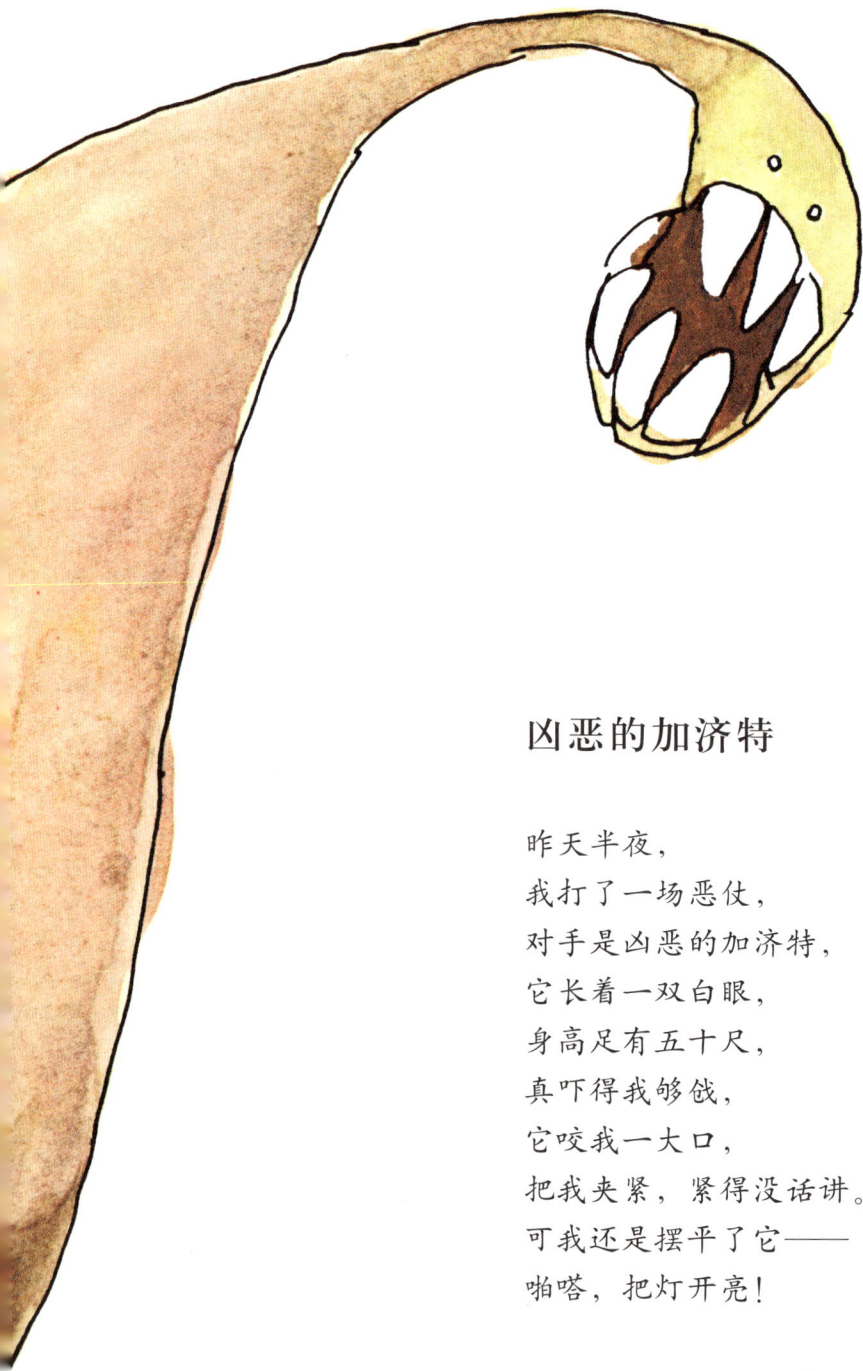

## 凶恶的加济特

昨天半夜，
我打了一场恶仗，
对手是凶恶的加济特，
它长着一双白眼，
身高足有五十尺，
真吓得我够呛，
它咬我一大口，
把我夹紧，紧得没话讲。
可我还是摆平了它——
啪嗒，把灯开亮！

# 尖嘴兽帕瓦柳斯

尖嘴兽帕瓦柳斯，
最爱跟朋友在一起，
可没人把它当回事，
可怜的家伙。
不管它到哪里都好，
大家爱拿它开玩笑，
叫道："瞧它来了！"
接着等它唱歌。

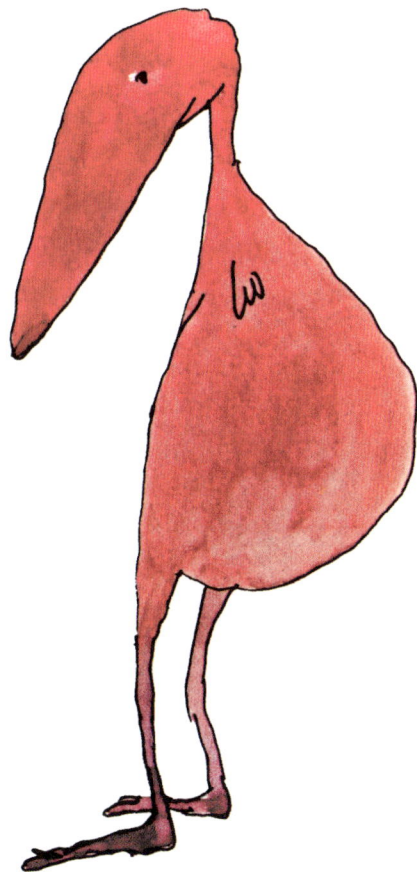

## 吃人兽富利特

这是吃人兽富利特的尾巴。
拜托各位，千万不要去拉它。

## 什么东西

什么东西又在吃我的小胡子——
我想又是蹦蹦跳跳的斯基普，不会错——
它又趁我睡觉的时候找上我。

碰到大牙齿斯兰，
要到我家吃饭，
那你找我，得在法国或者喀土穆，
要不就在底特律，
或者在贝洛伊特我叔叔家，
他有个空房间给我住。

你找我也可以打电话到费城，
拉辛或者拉巴特，
古尔或者马尔默。
你也可以到巴黎，
说不定在哪一个店里，
会碰巧遇到我。

你或许会在汉堡找到我，
或者在圣保罗，
在京都，在诺姆，在肯诺沙……
但有一点可以肯定，
你找到我的地方，
**绝不会**是我家。

大牙齿斯兰

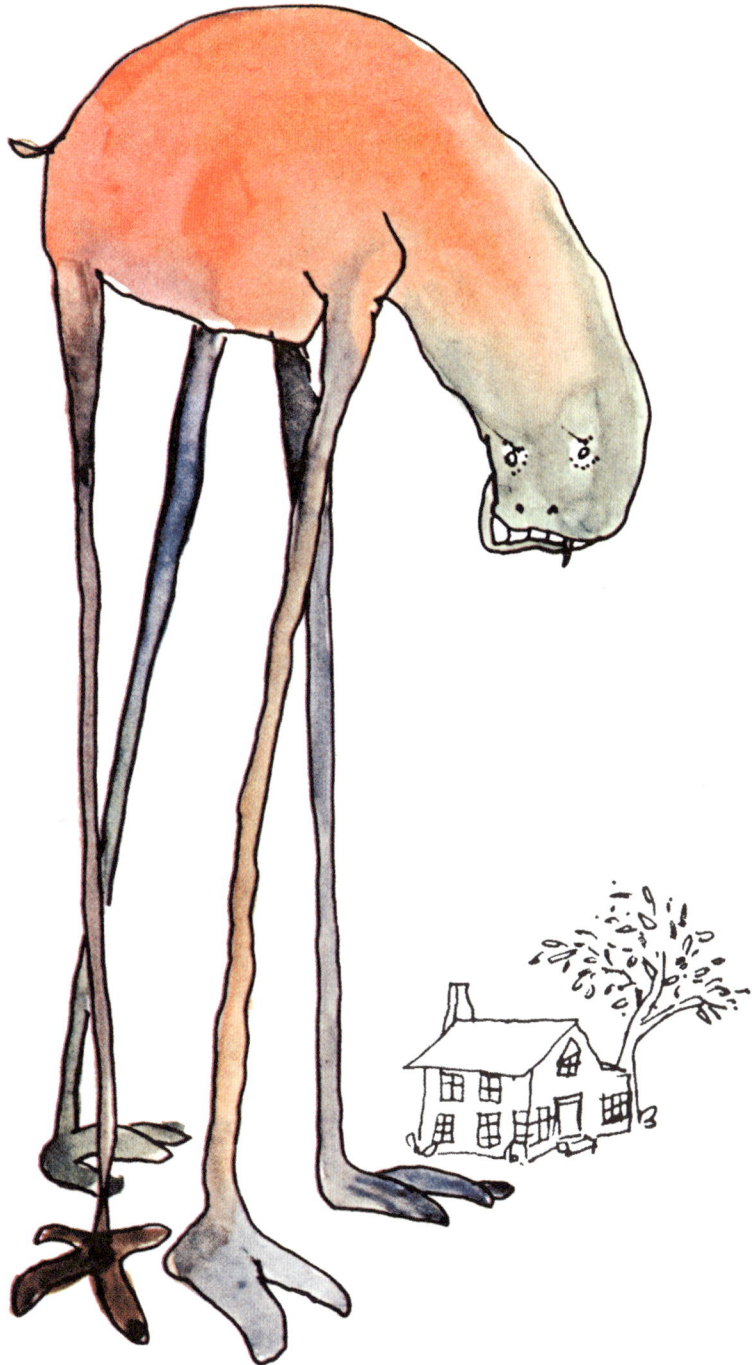

## 盖利

瞧这二十八吨的盖利。
它最想你给它搔肚皮。

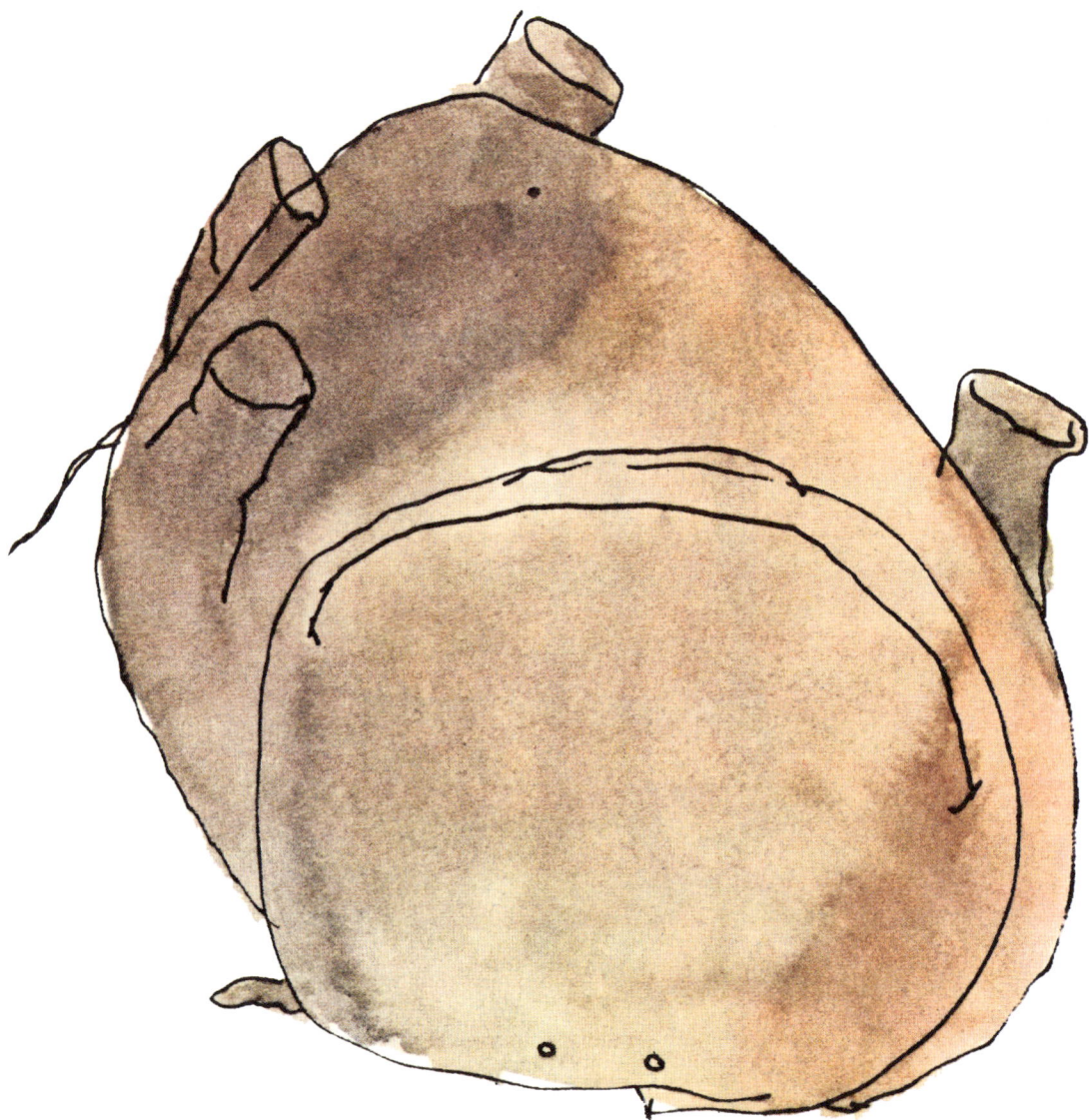

## 斯勒姆

流口水的斯勒姆，
一遇到麻烦就全身抖，
来个一百八十度弯腰，
举起手肘塞进耳朵，
缩进足踝，不见了。

## 醉醺醺的范特

有些动物破茧而出，
有些动物从泥土里蹦出来，
有些动物从气球上落下，
有些动物来得更古怪。

可是小脚趾兽范特，
（请别说这是我说的）——
它从嗜酒植物的茎上长出来，
看它自我陶醉的神气就知道了。

## 善解人意的软壳菲津特

你永远找不到一只动物
　　比软壳的菲津特
　　更照顾人的面子。
有人把这一只菲津特
　　错以为插针用的针垫，
　　它太有礼貌了，都不好意思说不是。

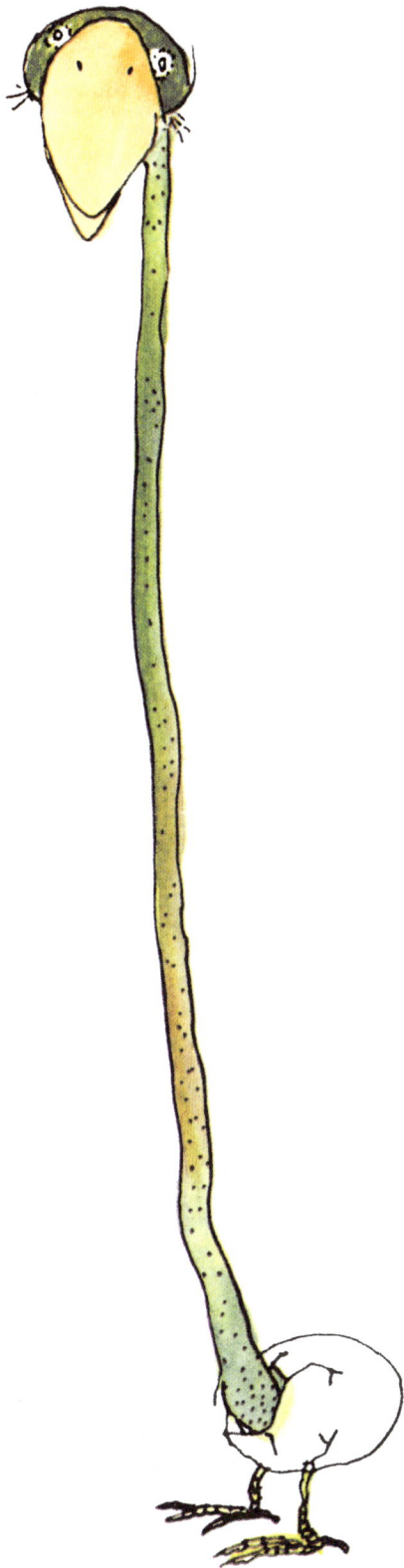

## 长脖子兽
## 普里泼斯特勒斯

这是阿诺德，
一只长脖子普里泼斯特勒斯，
它在找一只雌的
长脖子普里泼斯特勒斯。
可是找不到一只。

## 谈谈布洛思

在丛林里，
住着这种动物布洛思，
它靠吃诗人和茶叶过日子。
幸亏我知道它这脾气，
它对我却一无所知。

## 请看马费

往上看，你可以看到马费，它……
你没看到？
至少你可以看到它的脚印，它刚刚走开去吃晚……
你也没看到？
哎呀，这狡猾的老家伙……
我想它准是走了，把脚印也擦得看不见！

## 飞奔的格里斯

你见过飞奔的格里斯那种动物吗？
紫红色的眼睛，胖得流油？
如果它朝那边走，
那我朝这边走。
如果它朝这边走，
那我朝那边走！

## 格斯迪

请问这里谁会说格斯迪的话？
你知不知道怎么说"拜拜"？
因为我希望它下星期四离开，
而我只会说一句"欢迎你来"。

# 流落异乡的帕纳达

在加拿大的曼尼托巴，
住着这耷拉耳朵的帕纳达，
它本来土生土长在乌干纳达，
大概流落到这儿吧。

这是我见过的最奇怪的动物啊，
一位看门的养着它。
看门的来自南亚特兰纳大，
那是在美国的佐治亚。

# 独腿赞兹

对独腿赞兹要好心，
体谅它的心情——
跳舞就别把它邀请。

## 没毛的弗莱勒

世界上最爱跟人唱反调的野兽，
就是这没毛的弗莱勒。
为了捉住它我想出了一个花招，
你觉得这聪明花招灵不灵？

千万 **不要** 戴上 这个 顶圈！

在我的厨房里，
有只背很长的格里琴，
它在水池底下睡。
它专吃水管爬出来的
　　盖普斯，
它只喝波斯特牌的咖啡。

它和住在我柜子里的勒巴
　　互相来往，
天黑以后为了消磨时间，
它们常坐在炉子上面，
和斯克罗夫聊天，
捉几只斯金哥玩玩。

然后它们叫那布劳塞，
从水龙头里爬出来，
它们坐在茶壶边上聚会。
滑溜溜的斯卡贝治，
　　从垃圾箱爬出来，
跳到汤里去游水。

# 有只格里琴

格里琴和吃克里斯皮
饼干的惠斯皮一起唱歌，
还请它们吃我的干酪，
　　还有沙丁鱼，
它们又把纸巾盒
　　里的佐克斯，
叫下来一起在豆荚里
　　把桥牌打来打去。

接着它会和格鲁皮赛跑，
跑到银餐具那里，
这个格鲁皮，
　　喝光了我的啤酒。
格里琴又和默文一起
　　在我的炉子里跳舞，
甜言蜜语不停口。

因为格里琴这可怜小伙子
　　爱上了默文，
可她却爱搬弄是非的斯米——
或者是贾斯吧？反正说出来
让你喝茶时听听而已。

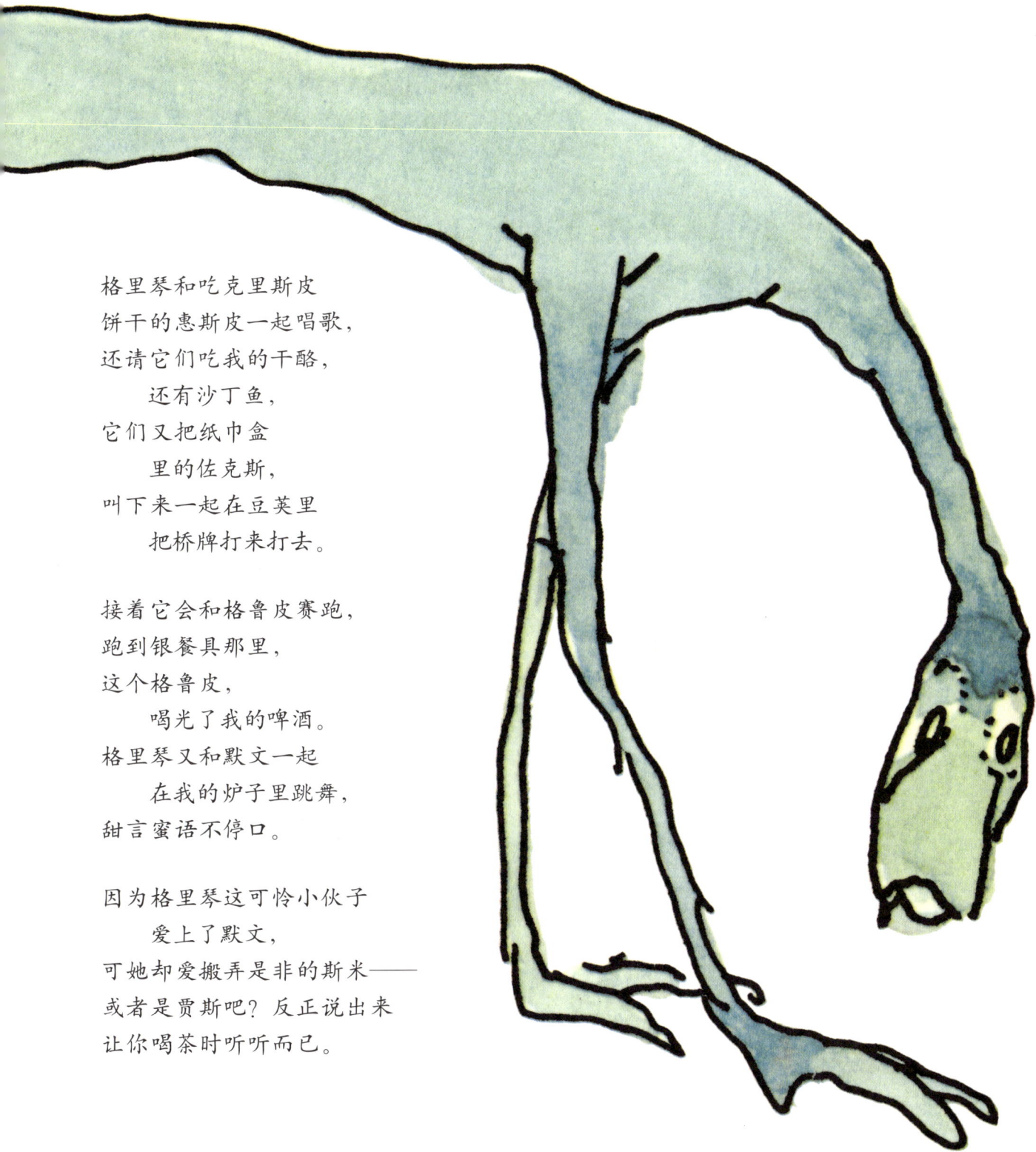

## 家务事

噢，诗人般的布罗尔，
是一只充满热情的野兽，
神态安详，不急不躁。
它的温顺可做模范，
只是有一个毛病，
就是要把伴侣吃掉。
唉，
一种雄性对伴侣的需要。

再说白胸脯的穆德，
一只美丽的鸟，
歌声美妙欢快。
它文静怕羞，
露出主妇的眼神，
可是喜欢吃掉它的小孩。
唉，
一种对孩子的母爱。

至于大屁股小格鲁德——
它喝麦片，
又喝奶，
但有时候在夜里，
它会吃掉它的爸爸和妈妈，
快活得咯咯笑起来。
唉，
肚子里充满对父母的爱。

噢，我亲爱的，那场婚礼
你参加了吗？
还有婚礼过后的自助餐？
那诗人般的布罗尔，
据说跟穆德结了婚，
生下了大屁股的格鲁德。
唉，
咯咯笑的大屁股格鲁德。

# 格鲁

怎么跟格鲁打交道

不要把格鲁小瞧，
如果你把它小瞧，
它会把你咬，
又是啃又是嚼，
甚至把你吞掉。
不过你不把它小瞧，
别以为它就不把你吞掉。

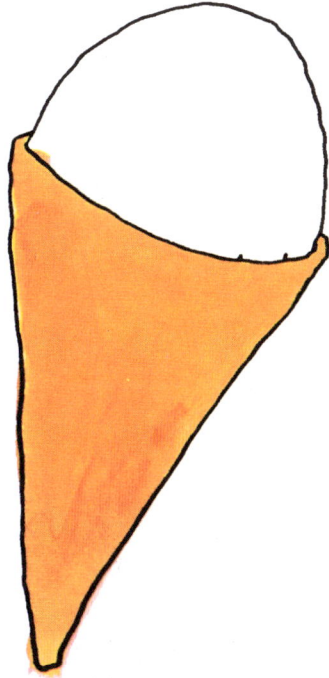

## 秃顶德隆

我看到你了，秃顶老德隆，
你躲在冰激凌蛋筒当中。
万一舔到你那秃顶，
我可觉得真是恶心。

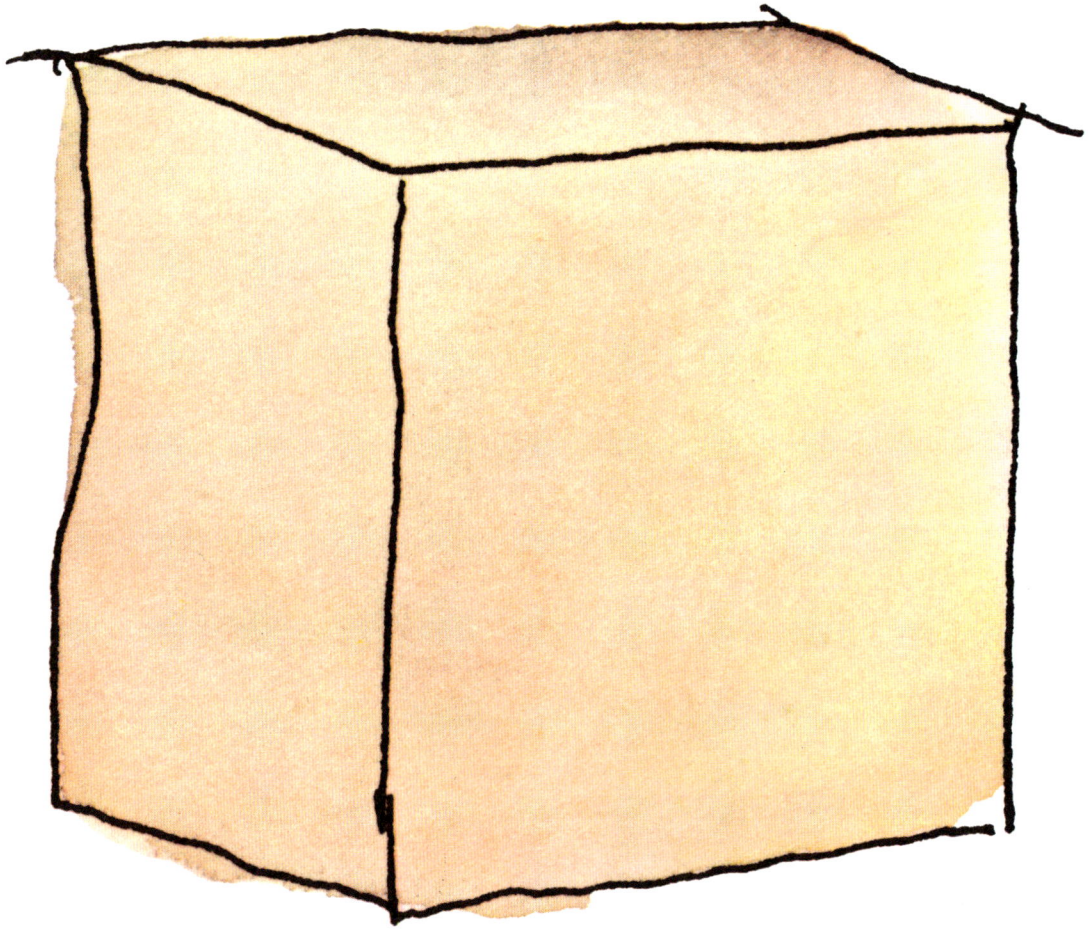

## 怎么捉到一只格利奇

如果你想捉到一只格利奇，
你就弄个纸口袋，
找来一个纸板箱，
挖个小洞洞，
把纸口袋放进纸板箱，
把纸板箱放进小洞洞，
把格利奇放进纸口袋——
　　　　那就万事大吉！

## 格里尔的蛋

这是长胸毛的格里尔的蛋。
如果你光看看就觉得好笑的话，
想象一下**格里尔**的感觉吧！

## 皮包骨头的济皮蒂

噢，可怜的可怜的济皮蒂，
它样样不吃，只吃格列利——
这种植物生长在新喀里多尼，
而它自己生活在新德里。

**唉哟！**

我们被消化特快的金克逮住，
现在我们赶紧把它的牙齿躲开，
现在我们在它的小肠里休息，
现在我们已经回到外面街上来……

## 宗 比

大家知道，鸵鸟会把头钻到沙里，
宗比可比它们还慎重，
它一感到有危险，
干脆全身埋到沙当中。

它一感到人的声音或者气味，
就会想到可怕的死亡要临头，
因此把全身深深埋进沙里，
坐在那里，连气也不敢透。

因此你们下次到海滩玩，
好开心啊，又是太阳，又是大海，
可要记住，宗比就在沙底下，
还在等着你们快点离开。

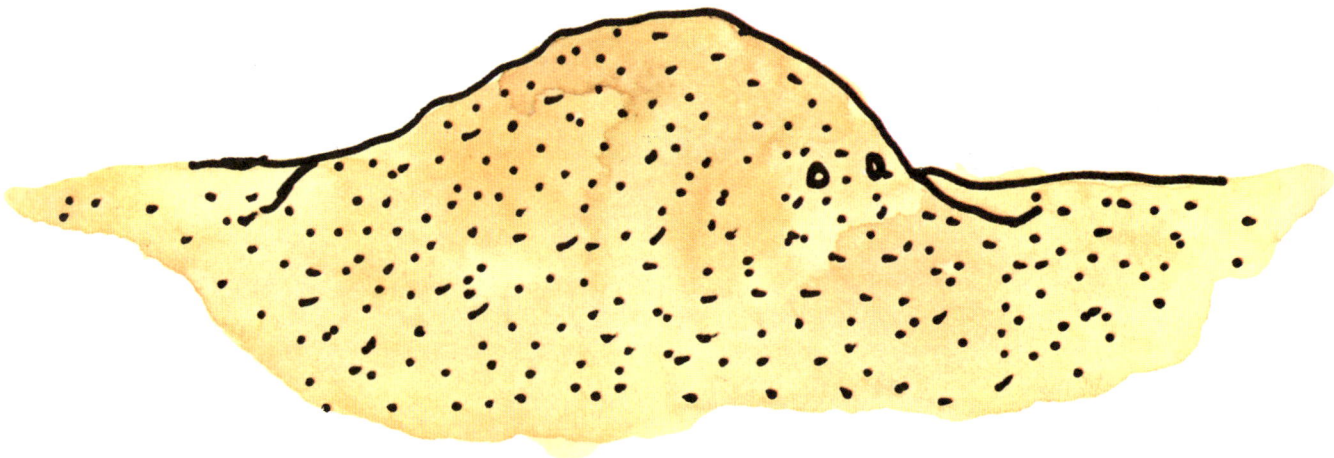

## 飞行的菲斯顿

我要骑着菲斯顿去飞行，
骑上它，口哨吹一声，
我们就飞到月亮那一头，
菲斯顿和我。

噢，我要带上饼干、皮球和李子，
我们今天午夜就起程，
只要菲斯顿一学会飞，
我就要和它去飞行，我们两个。

# 在威斯康辛州的沃基肖

在威斯康辛州的沃基肖，
不管什么时候你去看电影，
都是一种冒险行为，
因为这里电影院的黑暗中潜伏着
双脚趾瓦克、吃人的鳞片脸斯库维。

这里还有鼓眼睛戈克、
黏糊尾巴博克、亨奇令以及尖嘴拜兹，
还有根布恩、格萝卜、格洛巴马博，
跟大大小小的克里尔济。

这里还有背上瘦骨嶙峋的布利克、
剃刀牙齿克利克，
威利和苦脸戈克尔，
碰到那些吉克尖叫起来，
比斯诺克尔的呼噜更刺耳。

这里还有格伦葛和斯皮姆，
而格里济米的尖叫，
可以叫醒菲斯克昂有名坏脾气，
还叫醒鳞片脸斯库维，
它就住在沃基肖这儿的电影院里。

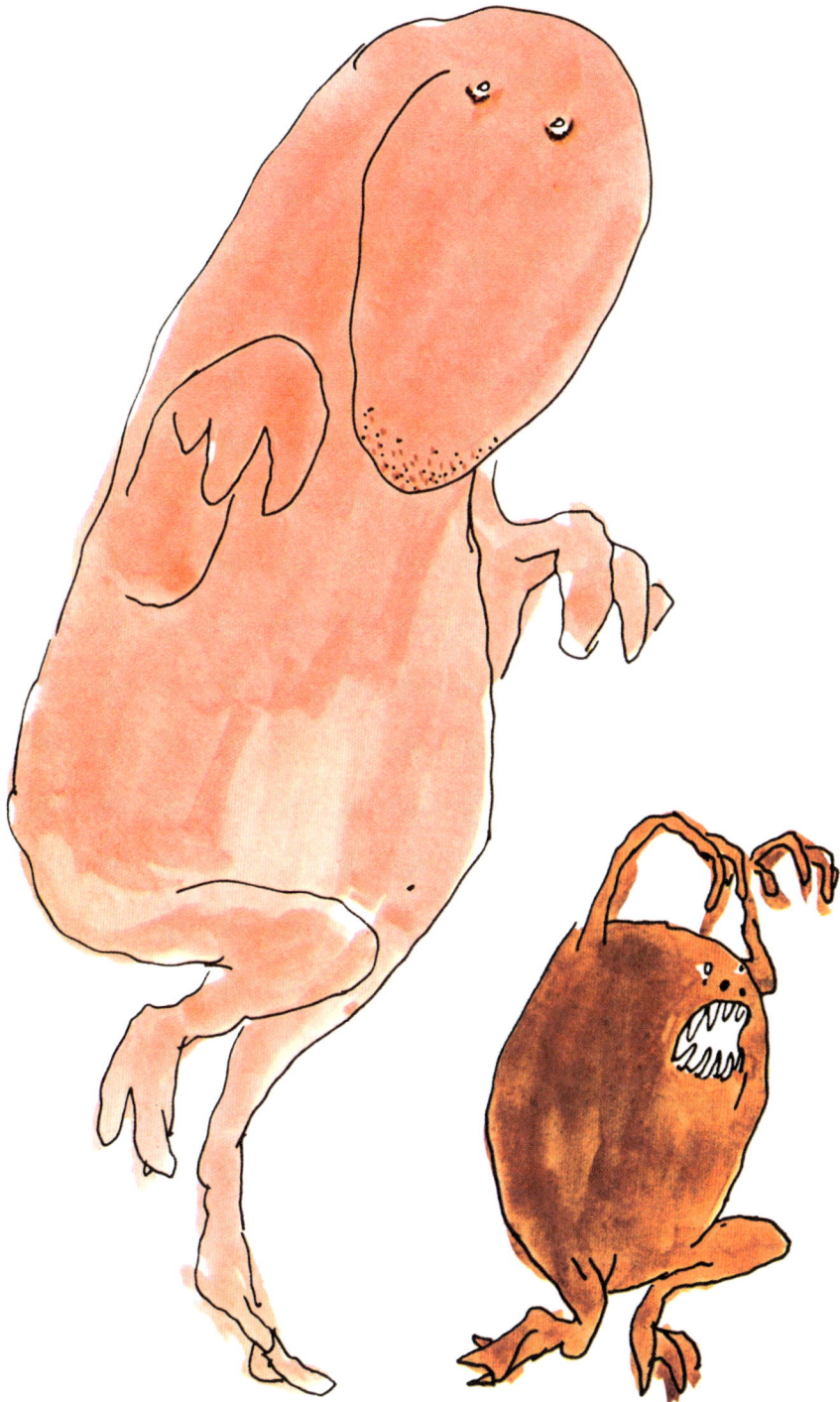

冈普尔格奇

过去跟冈普尔格奇玩吧，汤米，
冈普尔格奇最爱玩。
你可以在它肚子上蹦蹦跳，
把它叫做老傻瓜，
用泥沙塞它的鼻子眼。
不用怕它的尖牙，
不用怕它的黄眼睛，
我亲爱的，也不用怕它长满鳞片的尾巴。
过去跟冈普尔格奇玩吧，汤米，
一点都不用怕它。

我在这儿等你。

## 凶恶的切罗特

我想要切罗特那件长毛大衣，
它毛茸茸，暖和极了。
不过，要是切罗特想要
我这件没毛的大衣呢？

# 睡眼惺忪的
## 好客的老斯可克

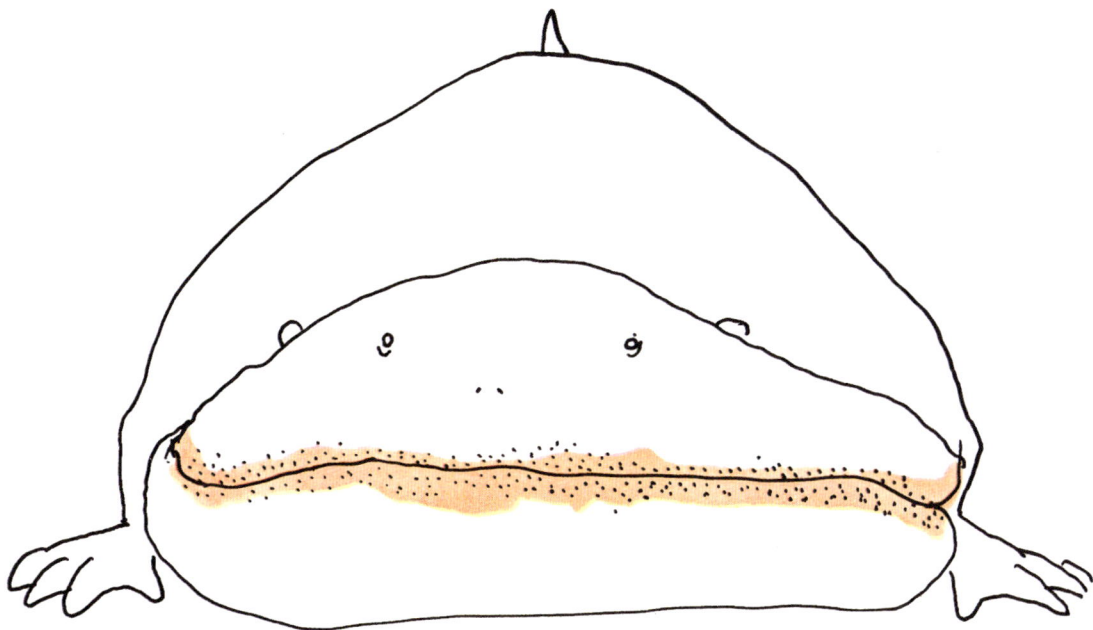

睡眼惺忪的斯可克，是个好客的老家伙，
它会让你到它嘴里坐坐。
只要敲敲它的下巴，
它就让你进它的嘴巴。
不过它肯不肯再放你出来呢？
这一点我就不敢说了。

# 鼻涕兽斯塔吉托尔

当我
大唱
恐怖的歌,
血腥的歌,
叫人头发直竖的歌时,
是因为我觉得
有责任提醒你晓得:
世界上最凶恶可怕的野兽,
六千吨重,
九千米高,
那鼻涕兽斯塔吉托尔,
此时此刻,
就在你身后站着。

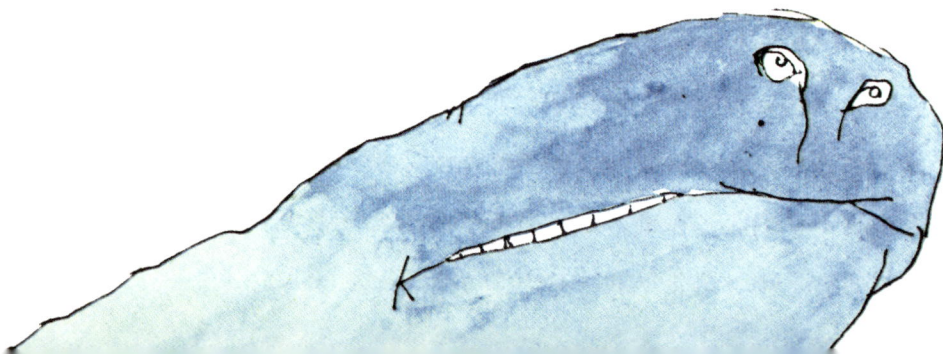

图书在版编目(CIP)数据

稀奇古怪动物园/〔美〕希尔弗斯坦编绘;任溶溶
译.－2版.－海口:南海出版公司,2013.11
ISBN 978-7-5442-6826-4

Ⅰ.①稀… Ⅱ.①希…②任… Ⅲ.①诗歌-作品集
－美国-现代 Ⅳ.①I712.25

中国版本图书馆CIP数据核字(2013)第218873号


著作权合同登记号 图字:30-2008-206

DON'T BUMP THE GLUMP! AND OTHER FANTASIES by Shel Silverstein
© 1964, renewed 1992 Evil Eye, LLC
Published by arrangement with Evil Eye, LLC
through Edite Kroll Literary Agency Inc./ Bardon-Chinese Media Agency
Simplified Chinese translation copyright © 2010 by Thinkingdom Media Group Ltd.
All Rights Reserved.


**稀奇古怪动物园**

〔美〕谢尔·希尔斯坦 文·图
任溶溶 译

出　　版 南海出版公司 (0898)66568511
　　　　　 海口市海秀中路51号星华大厦五楼 邮编 570206
发　　行 新经典发行有限公司
　　　　　 电话(010)68423599 邮箱 editor@readinglife.com
经　　销 新华书店

责任编辑 白佳丽
封面设计 王晶华
内文制作 王春雪

印　　刷 北京利丰雅高长城印刷有限公司
开　　本 787毫米×1092毫米 1/16
印　　张 4.5
字　　数 8千
版　　次 2010年7月第1版 2013年11月第2版
印　　次 2022年1月第9次印刷
书　　号 ISBN 978-7-5442-6826-4
定　　价 58.00元